尾関美樹子

まあちゃんと だめ貝

文芸社

もくじ

表紙イラスト・さし絵　坂根美佳

はじめに

ずっと昔、天橋立《あまのはしだて》に　じんりき車が走っていたころのお話です。吉津村《よしづ》文珠《もんじゅ》から府中村《ふちゅう》へつづく　天橋立《あまのはしだて》の松なみきは、今とかわらぬ　うつくしい　みどりの色をたたえ、波は　白やうす茶　そして　花びらのようにやさしい　もも色の貝がらをはこんで、また　かなたとおくの沖《おき》へ　かえっていきました。さかなや　やさいなどの大きなにもつをせおって　天橋立《あまのはしだて》を歩く人は、すなはまに咲《さ》く　はまなすの花に足をとめ、海から吹《ふ》いてくる　すず風に　ほっと汗《あせ》をぬぐうのでした。

小鳥のような女の子

その　天橋立《あまのはしだて》の入口　文珠《もんじゅ》に、うどんや　おだんごを食べさす　しょくどうが　ありました。まあちゃんはそこのひとりむすめで、たいせつにそだてられ　すくすく大きくなりました。

そのころ、吉津《よしづ》じんじょうこうとう小学校は、須津《すづ》の今　こうみんかんがあるば

しょに　たっていて、文珠《もんじゅ》から　とおく　はなれていました。それで、文珠《もんじゅ》の一年生から三年生まで　二十三人の子どもは、今の文珠《もんじゅ》こうみんかんが　ぶんきょうじょうになっていて、そこで　べんきょうしていました。まあちゃんは　ぶんきょうじょうの一年生、たけの　みじかいきものに　赤いおびを　きりりとしめて、とんだり　はねたり、小鳥のように　歌のすきなかわいい女の子でした。歌だけでなく　おどりもじょうず、かけっこもはやくて、うんどう会では　いつも一とうしょうを　とっていました。

あんずの木のある　ぶんきょうじょう

入学式のころ、いっせいにひらいた　さくらの花がちり、はざくらのかげから　さくらんぼが　かおをのぞかせるころ、おとうさんのようにやさしい　ぶんきょうじょうの　はっとり先生が　とおい町の学校へ行ってしまい、かわりに　みの先生がやってきました。
みの先生も　おとうさんのような先生で、一年生はよみかた（こくご）、二年生は　さんじゅつ（さんすう）、三年生は　しゅう字　というように、学年べつに

ていねいに　おしえてくれました。でも　オルガンがひけないので、しょうか（おんがく）だけは　みの先生の　子どもの　はつえ先生に　ならうことになりました。はつえ先生は　女学校の先生なので、にちよう日しか　おしえてくれません。でも　子どもたちは、にちよう日に　ぶんきょうじょうへ行くことを　少しもいやがらず　かえって　たのしみにしていました。それは　はつえ先生が　やさしいおねえさん先生で、オルガンにあわせて　大きな声でうたうと、心が　はればれしてくるからでした。もう一つ　よかったことは、

にちよう日には　先生のおくさんが　子どもたちのつくえの上に、ふかしいもや　かき、いちじく、うめなどのおやつを　そっとのせておいてくれることでした。

ぶんきょうじょうには、一本の大きな　あんずの木がありました。あんずの実が、あまいかおりを　ただよわせはじめると、子どもたちは　まい朝　あんずの木を見上げ、

「早く大きくなあれ。」

「おいしい　おいしい、あんずになあれ。」

と、大きな声で　よびかけるのでした。

ある　にちよう日の朝、いつものように　あんずの木を見上げると、すずなりの　あんずの実が　一つのこらず　もぎとられているではありませんか。いぶかりながら　きょうしつへ入ると、つくえの上に　おいしそうな　あんずの実が　二つずつ　おかれていました。子どもたちは　むちゅうで　かぶりつきましたが、まあちゃんだけは　たいせつにハンカチにつつんで家にもってかえりました。ほんのり　あまいかおりのあかね色に　うれた　あんずの実を　おとうさんやおかあさんに　見せてあげようと思ったのです。

大雪小雪

はつえ先生は、たのしい歌を　つぎつぎに　おしえてくれました。子どもたちは　オルガンにあわせて元気いっぱい　うたいます。はつえ先生は、

「みよちゃんや　まあちゃんは　歌がじょうずで　大きな声で　歌ってくれるので　はりあいがあるわ。」

と、ほめてくれました。

本校で　がくげい会が　ひらかれることに　なりました。ぶんきょうじょうからも　しゅつえんするので、

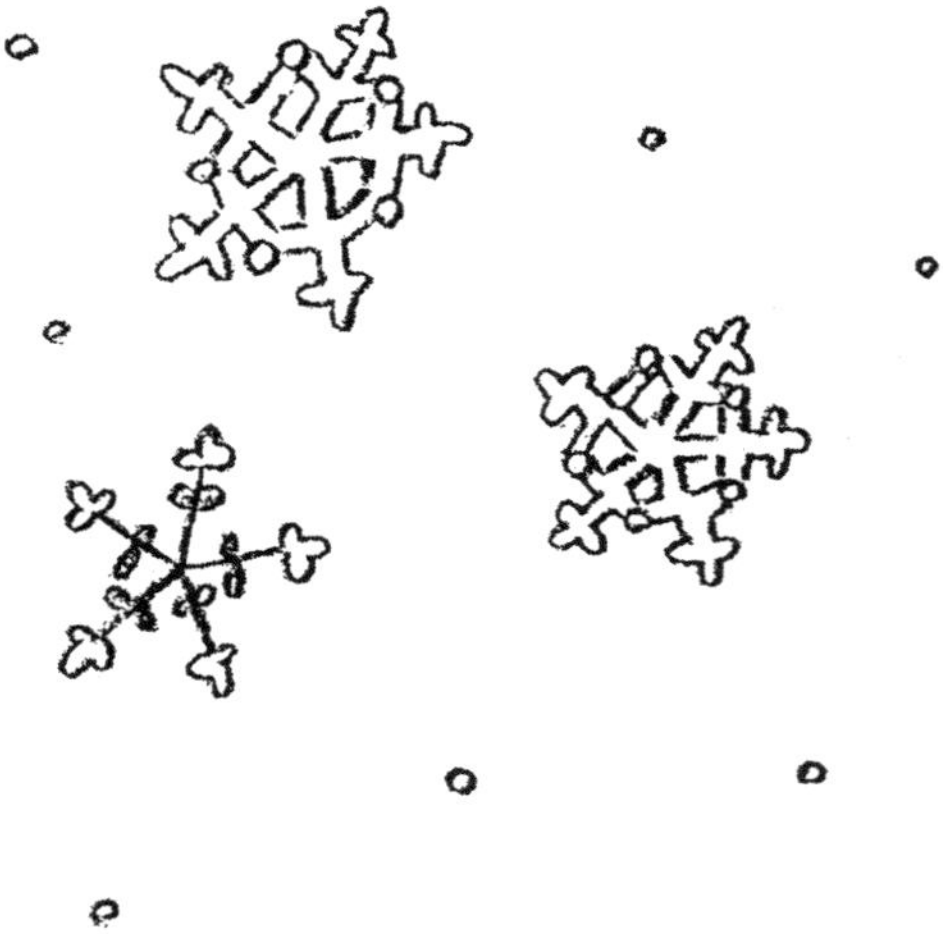

子どもたちは　大よろこびで　れんしゅうに　とりかかりました。でも　一つ　こまったことが　できました。がくげい会は　水よう日なので、女学校の先生をしている　はつえ先生は　オルガンをひくことが　できないのです。しかたないので、まあちゃんが　オルガンのかわりに　はじめの一しょうせつを　うたってからみんなでうたうことになりました。まあちゃんが「大雪小雪」と　うたうと　その声の高さにあわせてみんな　まあるい口をあけて　大きな声で　いっしょうけんめい　うたいました。

一、大雪小雪
雪のふるばんに
だァれか　ひとり
白いくつ　はいて
白いぼうし　かぶって

二、大雪小雪
雪のふるまちを
だァれか　ひとり
あっちいっちゃ　こんばんは
こっちいっちゃ　こんばんは

（「雪のふる晩」作詞　北原白秋）
日本音楽著作権協会（出）許諾第0306993－301号

うたいおわると、みんないっせいに　大きなはくしゅを　してくれました。

ぶんきょうじょうの中に

ぶんきょうじょうは、すがすがしい　ひんやりした山の空気の中に　たっていました。山へつづく道にはやまぶきの花がさき、かけひからは　すみきった　きれいな水が　ながれていました。

その　ぶんきょうじょうの中にみの先生の一家が　すんでいました。かぞくは　先生と　おくさん、はつえ先生と　みんなが

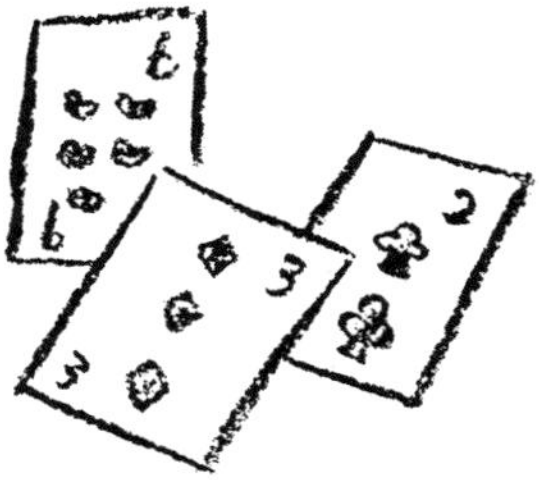

「なおちゃん」とよんでいる　なおひとさんです。そして、もう一人、東京《とうきょう》の大学へ行っている　かたなおさんがいて、大学がお休みになると　かえってくるのでした。

かたなおさんは　かえってくると、子どもたちに東京のお話をしたり　トランプや　おにごっこをしてあそんでくれました。子どもたちは、せいの高い　がっしりした体つきの　かたなおさんと　すぐ仲よしになって、「かたなおさん、かたなおさん。」と　ついてまわりました。

あるとき　おくさんは　かたなおさんとあそんでいる子どもたちに、

「みんなは　まだ小さい子どもだから『かたなおさん』とよばないで『おにいさん』とよびなさい。」

と、おしえてくれました。「おにいさん」とよんでみると、おにいさんのいない　まあちゃんは、かたなおさんが　ほんとうの　おにいさんのように思われるのでした。

松ばやしの　おにごっこ

まあちゃんの家から　少しはなれたところ（今　もんじゅそうが　たっている　ばしょ）に、広い松ばやしがあり　子どもたちの　あそびばに　なっていました。

「おにいさん、おにごっこしようよ。」

子どもたちは、おにいさんを　松ばやしに　つれていきました。

「さいしょは、おにいさんの　おにだよ。」

「ああ　いいよ。早く　にげなさい。」

でも子どもたちは　すばしっこくて　松と松の小さなすきまを　つつっと　走りぬけるので、なかなか　つかまりません。まあちゃんも　わざと　おにのおにいさんに　ちかづいて、さっと　みをかわして　にげていきます。おっても　おっても、一人もつかまりません。

「ああ、くたびれた。」

つかまえるのを　あきらめた　おにいさんは、松のねもとに　こしをおろして　目をつぶりました。青い空、きらきらとふりそそぐ　お日さまの光、松のえだを　ゆらして　通りぬけるすず風……。

子どもたちは　おにいさんが　おきてくれないと
ちっとも　おもしろくありません。
「おにいさん　ほんとに　ねむってしまったのかな。」
子どもたちは　そろりそろりと　おにいさんに　ちかづきました。でも　おにいさんは　すやすや　ねいきをたてています。
「ほんとに　ねむってしまったのだね。」
　まあちゃんが　ねむっているることを　たしかめようと

おにいさんの体に　ふれようとしたとき、とつぜんおにいさんの　がっしりした　りょううでが　ひらきました。そして　まあちゃんの小さな体は　そのうでの中に　しっかり　とらえられてしまったのです。

「さくせん、さくせん。ねむったふりをして　つかまえたぞ。にんげんは　あたまをつかわなくちゃあ。もう　はなさないぞ。」

とくいそうな　おにいさんのうでから　のがれようと　もがきながら、まあちゃんは　半べそをかいていました。

あるけ　あるけ

春休みの　よくはれた朝、おくさんが、
「まあちゃん、いっしょに　えんそくに行かない。」
と、さそってくれました。まあちゃんは　大よろこび、
さっそく　かみをとかし　赤いはなおのぞうりををは
くと、おくさん、はつえ先生、おにいさん、なおちゃ
んの五人で　杉《すぎ》ばやしのてっぺん（今の　げんみょう
あんの上）まで　のぼることになりました。
まあちゃんは　おにいさんと手をつないで　歌をう

たいながら　どんどん　のぼりました。山道を歩きなれている　まあちゃんは　元気いっぱい、おにいさんを　ひっぱっていくほどです。どこからか　うぐいすの声が　きこえてきます。しげみを　とおりぬけ、さらに　ほそい道を　のぼっていくと、杉《すぎ》ばやしの　てっぺんに　つきました。

そこは、みはらしがよく、てんぼう台になっています。おくさんは、みんなが　すわれるように　ござをひいて　おべんとうをひろげました。そして、

「これは　まあちゃんの　おべんとうよ。」

と、赤いふろしきにつつんだ　小さなおべんとうばこを　わたしてくれました。まあちゃんが　ひらいてみると、ちらしずしの上　いちめんに　きんしたまごがかざられていて、その上に　いさだと　べにしょうが　のせてありました。ひと口食べてみると　そのおいしいこと、ほっぺたが　おちそうでした。そのときから　まあちゃんは　春まつりのころにとれる　すきとおった　小さなさかな「いさだ」が　大こうぶつになったのでした。

小さな　せんどうさん

まあちゃんの家は　ボートが六そうあり、かしボートやもしていたので、まあちゃんも　いつのまにかボートが　じょうずに　こげるように　なっていました。

さわやかな風が　夏のおとずれをつげ、青い海がきらきらと　かがやきはじめた　にちよう日のごご、まあちゃんは　おくさんと　はつえ先生と　なおちゃんをボートにのせて　海に出ました。

かしボートやの前から　しゅっぱつして　あかいわ

をとおり　小天橋《しょうてんきょう》の　はしをまわって　かえってくるのです。三人をのせて　ボートを　こいでいると、さよりや　小あじ、たいなどの　さかなが　すいすいおよぎ、わかめや　ほんだわらなどの　かいそうが、ゆらゆら　ゆれています。まあちゃんは　ときどきよせてくる大波も　へいきです。

「海は大なみ　青いなみ、ゆれて　どこまで　つづくやら。」（「うみ」作詞　林　柳波）と、うたいながら　ボートを　こいでいると、まあちゃんは　小さな　せんどうさんに　なったような気もちに　なるのでした。

だめ貝　とっちゃだめ

夏休みになって　おにいさんが　東京《とうきょう》から　かえってくる日の朝、まあちゃんは　たった一人で　だめ貝を　とりに行くことにしました。おいしいだめ貝を　おにいさんに食べてもらおうと思ったからです。かいがんにつくと、すべりおちないように　気をつけながら　小さくて　まるいかたちをした　ねずみ色のだめ貝を　一つずつ　たもですくってとり、大きな　てつきに入れていきました。おにいさんが　よろこんで

くれるかおを　思いうかべながら、むちゅうになって
とっていくと、ひる前には　てっつきいっぱいになり
ました。
　家にもってかえって
ゆでてもらうと　おい
しそうなにおいが　ぁ
たりいちめんに　ただ
よいます。
　おひるすぎに　おに
いさんが　かえってく

ると、まあちゃんは　てっつきごと　ぶんきょうじょうの　みの先生の家に　もっていきました。

「おにいさん、わたしのとった貝　食べてちょうだい。」

「こんなに　たくさん　とっちゃあ　貝がかわいそうだよ。だめじゃないか。」

まあちゃんは　ほめてもらえると思ったのに　ちゅういされ　かなしくなってきました。でも　元気を出して、

「おにいさん、今『だめじゃないか。』と　いったで

しょう。この貝の名前は『だめ貝』というのよ。」

と、いいました。おにいさんは、

「だめ貝か。どうして　だめなんだろうね。」

といって、ハハハとわらいました。まあちゃんも　なんだかおかしくなって　ウフフとわらいました。二人はわらいながら　つぎからつぎへと　だめ貝を食べました。おにいさんは、おいしい　おいしいと、まあちゃんの　二ばいも三ばいも　食べました。

おにいさん　さようなら

夏休みがおわると、おにいさんは　東京《とうきょう》の大学へ行ってしまいます。子どもたちは　まだまだあそびたりなくて、夏休みが　ずっと　つづけばいいのに　と思っていました。

あすは　おにいさんと　おわかれする日です。まあちゃんは　天橋立《あまのはしだて》の波うちぎわに　さらさらした　白いすなをほって　大きな池をつくっていた　おにいさんに、

「東京《とうきょう》へ行かないで　ずっと　文珠《もんじゅ》にいて。」

と、たのみました。おにいさんは、きらきら　かがやいている　青い海に目をむけると、

「まあちゃんが『おにいさん、おにいさん。』と、何回も　いっていたら　ゆめで会えるよ。」

と、おしえてくれました。おにいさんが　しんけんなかおをしていうので、まあちゃんは、半分わかったような気もちになり、こっくり　うなずきました。

このおにいさんのことばは　ずっと　まあちゃんの心にのこり、おにいさんに会いたくなると　青い海

をみつめて「おにいさん、おにいさん。」と、何回もよびかけました。そして　ぶんきょうじょうで　ならった歌を　きかせてあげようと　大きな声でうたうのでした。ふしぎなことに、「おにいさん、おにいさん。」と　よびかけた夜は　おにいさんの　ゆめをみました。ゆめの中のおにいさんは　いつも明るく元気で、まあちゃんをかかえあげると　かいせんとうのように　ビューンとまわしてくれるのでした。

まあちゃんが四年生になって　本校へかようようになったころ、みの先生の一家は　みやげものの店をひ

らくといって　府中へひっこしていきました。まあちゃんは、その日から　おにいさんに会うことは　ありませんでした。
　まあちゃんは　大人になり、けっこんして　四人の子どもの　おかあさんになり、五人のまごの　おばあさんになりました。せすじを　しゃんとのばして　てきぱきと　しごとをするおばあさん、まわりの人にやさしく　しんせつで、だれからも　そんけいされるおばあさんになりました。
　おばあさんになった　まあちゃんは、今でも文珠《もんじゅ》に

すんでいて　ときどき心の中で　ずっと前になくなった　おにいさんを　思い出すことがあります。

でも　あんなにたくさんいた　だめ貝は、どこへいってしまったのでしょう。文珠《もんじゅ》の海で　見かけなくなりました。

この童話は、文珠で仕出し料理店「まつなみ」の礎を築かれた松浪政栄さんから聞いたお話をもとにして創作したものです。この童話に出てくる「おにいさん」は私の父で、お話を聞いたときちょうど十三回忌でしたが、私の生まれる前の若かりし頃の父に出会えたように、なつかしさでいっぱいになりました。そして、このお話を、母と父の四人の子どもと父の七人の孫、そして何より政栄さんに読んでいただきたいと思い、ペンをとりました。

お忙しいお仕事の時間をさいて、お話を聞かせてくださった政栄さんに、心からお礼を申し上げます。

尾関　美樹子

著者プロフィール

尾関 美樹子（おぜき みきこ）

昭和10年１月３日、京都府に生まれる。
京都学芸大学卒業後、京都府内の小学校で教職に就く。
平成５年、退職。現在に至る。

まあちゃんとだめ貝

2003年9月15日　初版第１刷発行

著　者　尾関 美樹子
発行者　瓜谷 綱延
発行所　株式会社文芸社
〒160-0022　東京都新宿区新宿１－10－１
電話　03-5369-3060（編集）
03-5369-2299（販売）

印刷所　株式会社平河工業社

ISBN4-8355-6228-3 C8093